Dieses Buch gehört:

Kirsten Boie, 1950 in Hamburg geboren, studierte dort Germanistik und Anglistik und arbeitete als Lehrerin. Inzwischen sind von ihr weit mehr als hundert Bücher erschienen und in zahlreiche Sprachen übersetzt worden. Kirsten Boie gehört zu den renommiertesten deutschen Kinderbuchautoren und wurde für ihr Gesamtwerk mit dem Sonderpreis des Deutschen Jugendliteraturpreises ausgezeichnet.

Nadine Reitz, 1976 im Berliner Raum geboren, war schon immer fasziniert von Papier, Farben und Stiften. Nach verschiedenen beruflichen Umwegen machte sie sich 2011 selbstständig und kehrte zu ihrer wahren Leidenschaft – dem Zeichnen – zurück. Seitdem arbeitet sie als freie Illustratorin und Grafikerin.

Kirsten Boie

Abenteuer im Möwenweg

Wir backen Weihnachtskekse

Bilder von Nadine Reitz
nach Figuren von Katrin Engelking

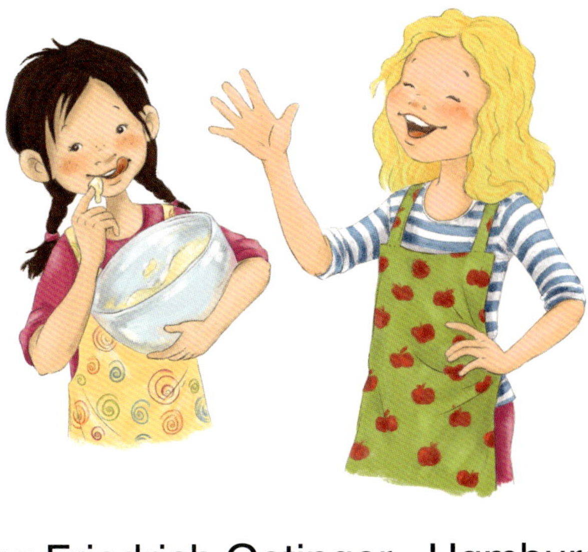

Verlag Friedrich Oetinger · Hamburg

Inhalt

Ich heiße Tara,
und das sind meine beiden Brüder.
Petja finde ich manchmal
nicht so praktisch.
Der will nämlich meistens
alles bestimmen.

Und mit Maus kann man leider
nicht so viel anfangen.
Der geht noch nicht mal in die Schule.

Wir wohnen alle im Möwenweg
in einem Reihenhaus.
Und meine beste Freundin Tieneke
wohnt zwei Häuser weiter.

Neben Tieneke wohnen
meine zweitbesten Freundinnen,
Fritzi und Jul.

Will jemand noch die Jungs wissen?
Das sind Vincent und Laurin,
die wohnen im Endhaus.
Vincent ist sehr schlau,
und Laurin ist sehr frech.
Da ist es doch gut aufgeteilt.

Bei uns im Möwenweg
ist es am allerschönsten
auf der ganzen Welt.

1. Geburtstag im November

Habe ich schon erzählt,
dass ich im November
Geburtstag habe?

Das hab ich nämlich.
Und das finde ich
für einen Geburtstag
auch die allerbeste Zeit.

Weil im November
ja sonst nichts los ist
und alle sich freuen,
wenn sie eingeladen werden.

„Nein wirklich, wie ist das
wieder grau heute!“,
sagt Mama manchmal,
wenn wir im November
aus der Schule kommen.
„November ist bestimmt
die fürchterlichste Zeit im Jahr!“

Aber das finde ich
überhaupt nicht.
Ich finde, es muss erst mal
eine Weile grau und nebelig
und schrecklich sein.
Nur so kann man sich
auch richtig auf die
Weihnachtszeit freuen.

Wenn man gleich
mit Kerzen und Keksen
und Tannenzweigen und Basteln
loslegen würde,
wäre das ja nichts Besonderes.

Als wir im November
meinen Geburtstag gefeiert haben,
hab ich deswegen
extra aufgepasst,
dass es dabei kein bisschen
weihnachtlich war.

2. Rechtschreibung

Am Morgen nach meinem Geburtstag
hat Frau Streng in der Schule gesagt,
dass wir am Montag
eine Deutscharbeit schreiben würden.

„Nein!“, haben wir alle geschrien.
„Ich geb mir die Kugel!“,
hat Adrian gebrüllt.
Das sagen sie immer so
in der Werbung.

Frau Streng ist
unsere Klassenlehrerin.
Tieneke und ich finden,
dass sie eigentlich
Frau Nett heißen müsste.

Weil sie nämlich nett ist.
Aber an diesem Morgen
haben wir das gar nicht gefunden.

„Können wir nicht lieber
eine Mathearbeit schreiben?“,
hab ich vorgeschlagen.
Mathe kann ich besser.

„Nichts da!“, hat Frau Streng gesagt.
„Ihr habt ja noch
den ganzen Nachmittag Zeit,
um zu üben.“

Darum hatten Tieneke und ich
auch ziemlich schlechte Laune,
als wir nach Hause gekommen sind.
Aber Mama hat uns ganz vergnügt
die Tür aufgemacht.

„Na, ihr beiden Mäusegesichter?“,
hat sie gefragt.
„Hattet ihr einen schönen Tag?“

Zum Glück kommt Tieneke
nach der Schule ganz oft mit zu mir,
weil ihre Mutter ja arbeitet.
Dann isst sie auch immer bei uns,
und das ist gut.

„Wir hatten überhaupt
keinen schönen Tag!“,
hab ich gesagt.
„Wir müssen Montag
eine ganz grässliche
Arbeit schreiben!“

„Rechtschreibung!“, hat Tieneke
gesagt. „-ig mit -g und -lich mit -ch!
Das kann ja kein Mensch!“

Petja hat schon
am Küchentisch gesessen.
Er hat so getan, als ob
sein Messer und seine Gabel
zwei Trommelstöcke sind.
Das hat er wegen Maus gemacht.
Der wollte sich
natürlich wieder totlachen.

„Das ist doch Babykram!“, hat Petja gesagt. „Das Zeugs hatten wir schon vor hundert Jahren!“ Petja ist ja schon in der fünften Klasse.

Aber als wir gesagt haben, er soll es mal erklären, wusste er natürlich kein bisschen, wie es geht.

„Nun streitet euch mal nicht!“, hat Mama gesagt. „Wo doch heute unser Backtag werden soll!“

3. Backtag

„Backtag?“, hab ich geschrien.
„Darf Tieneke mitmachen?“

Mama hat gesagt:
„Aber klar! Ich kann jede
tüchtige Hand brauchen.
Bei den Riesenmengen von Keksen,
die hier vor Weihnachten
immer verdrückt werden.“

„Geil!“, hat Petja geschrien.
„Ich mach auch mit!“

Das war ja sowieso schon klar.
Ich hab aber gewusst,
dass Petja um drei
zum Judo-Training musste.
Und ein bisschen
darf er ruhig mitbacken,
das müssen Männer
ja auch lernen.

„Bitte sehr, meine Damen und Herren!“,
hat Mama gesagt
und aus dem Wohnzimmer
ihren Einkaufskorb geholt.
Da waren all die Sachen drin,
die sie zum Backen eingekauft hatte.

„Krass!“, hat Tieneke geflüstert.
„So viel!“

„Das hab ich alles eingekauft!“,
hat Maus geschrien.
„Ich war das! Mit Mama!“

„Das hast du aber
schön gemacht, Maus!“,
hab ich gesagt.
Obwohl ja wohl jeder Dummi
die Sachen aus dem Regal
im Supermarkt nehmen kann.
Das ist schließlich keine Kunst.

Aber vor Weihnachten
bin ich immer nett zu Maus.
Und sonst auch ganz oft.

„Na, dann wollen wir mal!“,
hat Mama gesagt.
Dann hat sie Tieneke
und Petja und mir
jedem eine Küchenschürze
gegeben:

Petja die rot-grün gestreifte,
Tieneke die grüne
mit den Äpfeln drauf,
und ich habe die
mit den Kringeln gekriegt.
Die finde ich
sowieso am schönsten.

Maus musste ein
Geschirr-Handtuch umbinden,
weil wir leider
nur drei Schürzen haben.
Aber eine echte Schürze
wäre für so einen kleinen Zwerg
sowieso viel zu lang gewesen.
Da wäre er nur
immer gestolpert,
und das ist beim Backen
ja nicht so gut.

Wir haben die Zutaten abwechselnd
in die Küchenmaschine getan,
wie wir das immer machen.
So kommt ja jeder mal dran.
Der Teig ist auch
sehr schön geworden.

Wir haben ihn
in den Kühlschrank gestellt,
weil er zum Ausrollen
ja kalt sein muss.

Mama hat gesagt,
wo wir jetzt sowieso
eine kleine Pause machen,
können wir auch gleich mal
für unsere Deutscharbeit üben.
Ich habe gestöhnt,
aber Mama hat schon gesagt:
„Der Tag heute ist herrlich!“

Und Tieneke hat gesagt:
„Heute ist ein herrlicher Tag."
Weil man es so machen muss.
Man muss das Wort länger machen,
dann kann man hören,
ob es ein ch-Wort ist
oder ein g-Wort.
Herrliger Tag klingt ja ganz falsch.

4. Zimtsterne

Genau als wir die Backbleche
später in den Ofen schieben wollten,
hat es an der Haustür geklingelt,
und Vincent ist gekommen,
um Petja zum Judo abzuholen.

„Cool!“, hat er gerufen.
„Weihnachtsbäckerei!
Kann ich nachher auch mitmachen?“

In dem Augenblick
hat grade Mama
den Kopf durch
die Küchentür gesteckt,
um zu gucken,
wie weit wir waren.

„Natürlich darfst du mitbacken.
Bestimmt haben die Mädchen
nachher sowieso keine Lust mehr“,
hat Mama gesagt.

Aber da kannte
Mama uns schlecht!
Mama hatte Tieneke und mir
nämlich erlaubt,
dass wir in diesem Jahr
die Zimtsterne alleine backen durften.

Mama hatte am Vormittag angefangen,
den Rummelkeller aufzuräumen.
Und da wollte sie nicht
mittendrin aufhören.

Darum hat Mama Tieneke und mir
also das Rezept
für die Zimtsterne hingelegt
und die Zutaten gegeben.
Und dann ist sie
in den Keller gegangen.

Wir haben alles
genau so gemacht,
wie es im Rezept stand.
Mandeln und Zimt und alles,
aber trotzdem ist es
kein schön fester Teig geworden,
sondern nur
so eine Art hellgrauer Matsch.

„Sollen wir deine Mutter holen?“,
hat Tieneke gefragt.
„Vielleicht weiß die ja einen Trick!“

„Das kriegen wir auch selber hin!“,
hab ich gesagt und einfach
noch ein Ei reingeschlagen.
Das war aber leider nicht richtig.
Eigentlich sah der Teig jetzt
sogar noch mehr aus
wie ein komischer klebriger Matsch.

Gerade als wir uns beide
so ganz verzweifelt
über das Rührgerät gebeugt haben,
ist Mama in die Küche gestürmt.

„Riecht ihr das denn gar nicht?“,
hat sie gerufen.
„Die Plätzchen müssen raus!“
Da habe ich es auch gerochen.

Da hatten Tieneke und ich
doch wirklich unsere Kinderkekse
anbrennen lassen!
Wir hatten ja so viel Ärger
mit den Zimtsternen gehabt.
Und an alles kann man
nicht gleichzeitig denken.

Die Kekse auf dem Blech,
das wir zuerst
in den Ofen geschoben hatten,
waren leider schon ganz schwarz.
Aber die beiden anderen Bleche
waren in Ordnung.

Die Kekse auf dem letzten Blech
sahen sogar ganz schön
und golden aus.
Und das mittlere Blech
war auch nur so ein kleines bisschen
bräunlich.

Dann hat Mama unseren Zimtstern-
Teig gesehen.
„Ach du je!“, hat sie gerufen.
„Was ist denn da passiert?“

Und sie hat gesagt,
wenn wir mit zwei Teelöffeln
kleine Häufchen
auf das Backblech heben,
werden das bestimmt
auch schöne Kekse.
Es sind dann eben nur
keine Zimtsterne.

Da haben Tieneke und ich
lauter kleine Häufchen
auf das Backpapier gesetzt
und zwei Bleche davon
in den Ofen geschoben.

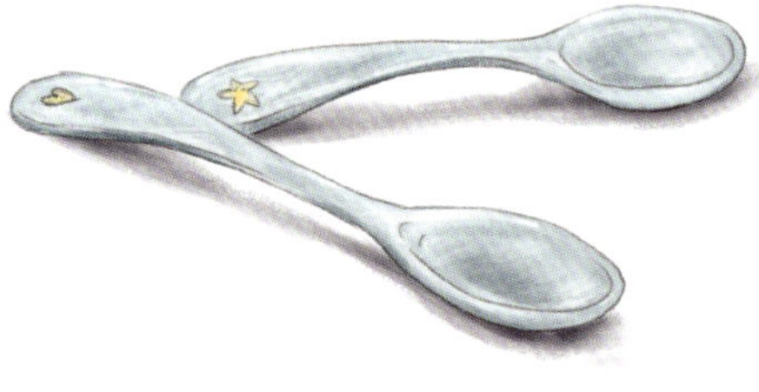

5. Ein neues Rezept

Gerade als wir sie wieder
aus dem Ofen geholt haben,
sind Petja und Vincent
vom Judo gekommen,
und Petja hat unsere
Zimtsternteig-Kekse gesehen.

„Was soll denn das sein?“,
hat er gefragt.
„Gebackenes Kartoffelpüree?“

Maus wollte sich natürlich
gleich wieder totlachen.
„Gebackene Pommes frites!“,
hat er gerufen.
„Gebackenes Schuschu-Bulubulu!“

Aber da hat sich zum Glück
Mama eingemischt:
„Das sind Mandel-Zimt-Batzen.
Das ist ein ganz neues Rezept
von Tara und Tieneke,
und die schmecken sehr gut.“

Vincent hat einen probiert
und gesagt: „Das stimmt.
Die Mandel-Zimt-Batzen
erinnern mich irgendwie
ein bisschen an Zimtsterne.
Aber sie schmecken
ehrlich tausendmal besser.“

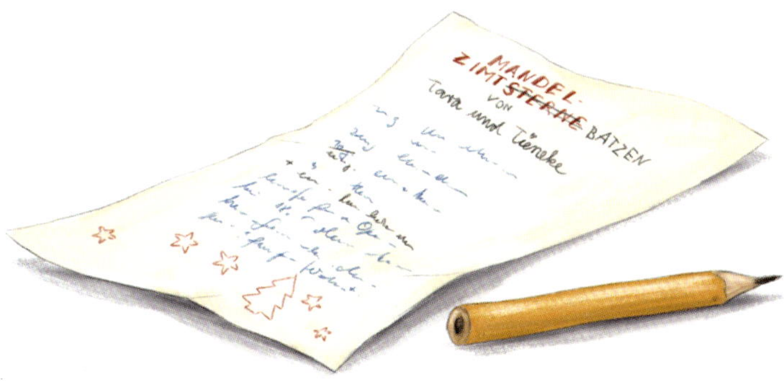

Das hat Papa
am Abend auch gesagt,
als er von jeder Kekssorte
einen probieren durfte.
Und dass er jetzt in jedem Jahr
nur noch Taras und Tienekes
Mandel-Zimt-Batzen essen möchte
und nicht so langweilige Zimtsterne,
wie alle Leute sie haben.

Willkommen in der
LESESTARTER
Rätselwelt

Hast du Lust auf noch mehr Lesespaß?

Dann findest du hier viele tolle Rätsel und spannende Spiele. Auf der nächsten Seite geht es schon los!

Viel Spaß!

Lösungen auf Seite 56–57

LESESTARTER

Wissensquiz

**Kannst du dich erinnern?
Kreuze die richtigen
Antworten an.**

Wer ist sehr frech?	T	Laurin
	M	Vincent
Wann will Frau Streng die Arbeit schreiben?	AU	Freitag
	EI	Montag
In welche Klasse geht Petja?	R	In die Achte.
	G	In die Fünfte.

LÖSUNGSWORT:

TEiG

Frau Streng ist unsere Kunstlehrerin.

Petja hat so getan, als ob sein Messer und sein Teller zwei Trommelstöcke sind.

Oma hat jedem eine Küchenschürze gegeben.

Hier haben sich falsche Wörter eingeschlichen. Findest du sie?

LESESTARTER

Spieglein, Spieglein

Kannst du die Spiegelschrift erkennen?

Weihnachtskekse

Weinachzikekes

Küchenmaschine

Küchehmasbi

Mandel-Zimt-Batzen

Mandel zimt Bazel

A B C D E F G H I J K L M N O P Q R S T U V W X Y Z

Beispiel: FJ → EI

L F L T Keks

P G F O Ofen

K V E P Judo

N B V T Maus

Entziffere die Geheimschrift, indem du jeden Buchstaben durch seinen Vorgänger ersetzt.

Hast du gut aufgepasst und kannst dich an alle Farben erinnern?

Welche Farbe hat …

… Taras Küchenschürze? gelb

… Petjas Kappe? blau

… der Matschteig? hell grau

… die Küchenmaschine? Rot

Z	C	O	K	D	I	M	T	E	T
B	T	I	R	A	M	A	Z	M	R
U	P	M	A	N	D	E	L	N	I
R	T	T	B	S	O	N	E	W	N
Z	W	Z	I	A	N	K	J	Y	Y
U	R	I	T	E	I	E	R	A	E
C	F	Q	T	W	M	X	A	P	N
K	R	E	B	M	A	Z	I	M	T
E	N	X	A	E	Q	I	M	O	R
R	T	O	E	H	E	K	E	L	S
M	A	C	L	L	A	O	R	D	A

Hier haben sich 5 Backzutaten versteckt. Findest du sie alle?

LESESTARTER

Kreuz und quer

Suche die Bilder im Buch und notiere die Seitenzahlen. Kannst du das Rätsel dann lösen?

Seite 8

Seite 22

Seite 14

Seite 18

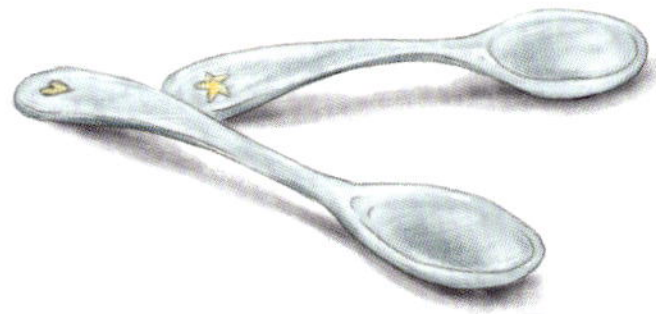

Seite 35

Nimm einen Taschenrechner und rechne alle Seitenzahlen zusammen. Welches Bild brauchst du noch, um die Zielzahl 135 zu bekommen?

A

B

LESESTARTER

Wortkreuze

Welche Wörter verstecken sich hier. Suche die passenden Buchstaben.

Z I M T
Z U C K E R
M E H L
E I E R
G A B E L
B A C K T A G
T A R A
Z U T A T

Wie alt wird Tara an ihrem Geburtstag?

Wann muss Petja zum Judo-Training?

Wie viele Kekse sind schon ganz schwarz?

Findest du die gesuchten Zahlen?

Zahlenrätsel

LESESTARTER

LESESTARTER

Würfelspiel

Spiel für zwei! Wer verteilt am schnellsten alle Geschenke?

Du brauchst:

- **1 Würfel**
- **2 Spielfiguren**
- **1 Keks**
- **4 Kieselsteine**

K E K S

Würfelt abwechselnd. Ihr dürft in beide Richtungen laufen. Wer eine 6 würfelt, darf sich den Keks nehmen, aber nicht essen. Landet ihr auf dem gleichen Feld, legt ihr einen Kiesel unten ab. Wer den Keks hat, wenn der letzte Kiesel abgelegt wird, darf ihn aufessen.

LESESTARTER

Wortsuche

Hast du gut aufgepasst und findest alle Wörter?

Mama hat uns das Rezept für die

Z i m d -Sterne hingelegt.

Die rot-grün gestreifte Schürze bekam

p e t j a

Taras Lehrerin heißt Frau

s t r e n g

Der Teig war nur ein Art

hell- g r A u e r Matsch.

Die Kekse auf dem obersten

B l e c h

waren schon ganz schwarz.

LÖSUNGSWORT:

r e z e B t

LESESTARTER

Lösungen

Alle Rätsel gelöst? Hier findest du die richtigen Antworten.

Seite 48–49 · Kreuz und quer

Seite 8, 22, 14, 35, 18 = 97.
Es fehlt Bild S. 38.

Seite 50 · Wortkreuze

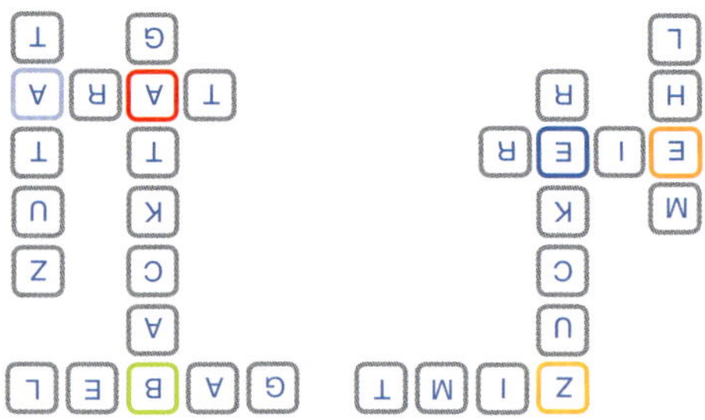

Seite 51 · Zahlenrätsel

9, 3, 17

Seite 54–55 · Wortsuche

Zimt, Petja, Streng, grauer, Blech
Lösungswort: Rezept

Seite 42 · Wissensquiz

Lösungswort: TEIG

Seite 43 · Fehlerteufel

Kunstlehrerin, Teller, Oma

Seite 44 · Spieglein, Spieglein

Weihnachtskekse
Küchenmaschine
Mandel-Zimt-Batzen

Seite 45 · Geheimschrift

Keks, Ofen, Judo, Maus

Seite 46 · Farbenrätsel

Die Schürze ist gelb.
Die Kappe ist blau.
Der Teig ist hellgrau.
Die Küchenmaschine ist rot.

Seite 47 · Gitterrätsel

Z	C	O	K	D	I	M	T	E	T
B	T	I	R	A	M	A	Z	M	R
U	P	M	A	N	D	E	L	N	I
R	T	T	B	S	O	N	E	W	N
Z	W	Z	I	A	N	K	J	Y	Y
U	R	I	T	E	I	E	R	A	E
C	F	Q	T	W	M	X	A	P	N
K	R	E	B	M	A	Z	I	M	T
E	N	X	A	E	Q	I	M	O	R
R	T	O	E	H	E	K	E	L	S
M	A	C	L	L	A	O	R	D	A

LESESTARTER
2. Lesestufe

Spannung, Spaß und Abenteuer!

Erhard Dietl
Die Olchis
und die große Mutprobe
ISBN 978-3-7891-1095-5

Bjarne Blomkvist
Ein Fall für 3.
Ein rätselhafter Einbruch
ISBN 978-3-7891-1207-2

Salah Naoura
Superhugo startet durch!
ISBN 978-3-7891-1266-9

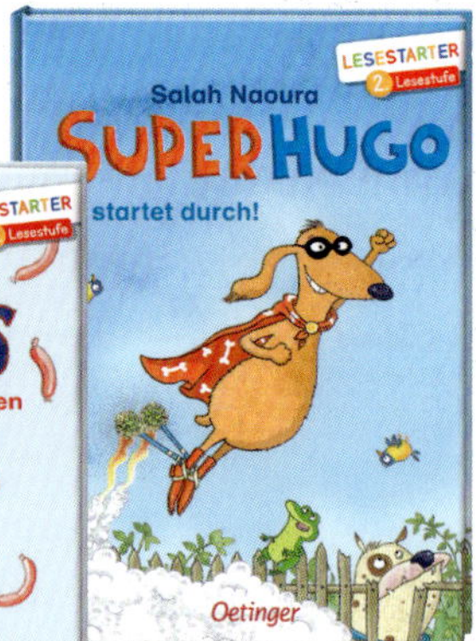

Paul Maar
Das Sams und
die Wunsch-Würstchen
ISBN 978-3-7891-1102-0

Oetinger

Weitere Informationen unter **www.oetinger.de**

Beste Freunde halten immer zusammen

LESESTARTER
2. Lesestufe

Kirsten Boie
Abenteuer im Möwenweg. Wir bekommen Kaninchen
ISBN 978-3-7891-1098-6

Kirsten Boie
Abenteuer im Möwenweg. Wir reißen aus
ISBN 978-3-7891-1099-3

Astrid Lindgren
Kindertag in Bullerbü
ISBN 978-3-7891-1096-2

Cornelia Funke
Dicke Freundinnen
ISBN 978-3-7891-1108-2

Oetinger

Weitere Informationen unter **www.oetinger.de**

Überarbeitete Neuausgabe

1. Auflage
2018, 2019 Verlag Friedrich Oetinger GmbH,
Poppenbütteler Chaussee 53, 22397 Hamburg

Die Geschichte ist ein dem Kinderbuch „Weihnachten im Möwenweg“ entnommener Auszug, der für Leseanfänger sprachlich überarbeitet und neu illustriert wurde.
Titelbild und farbige Illustrationen von Nadine Reitz
nach den Figuren von Katrin Engelking
Einband- und Reihengestaltung von Andrea Pieper
Druck und Bindung: optimal media GmbH
Glienholzweg 7, 17207 Röbel / Müritz, Deutschland
Printed 2019
ISBN 978-3-7891-1398-7

www.kirsten-boie.de
www.moewenweg-stiftung.de
www.oetinger.de